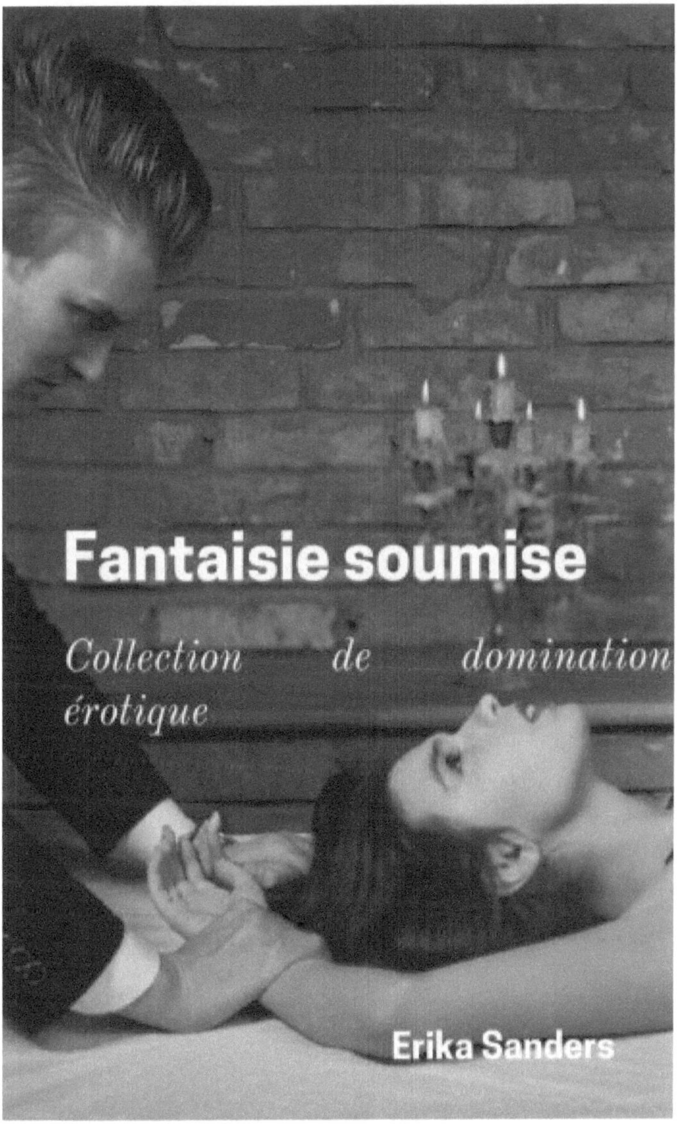

Fantaisie soumise

Collection de domination érotique

Erika Sanders

Titre
Fantaisie Soumise
Pour
Erika Sanders
Serie
Collection de domination érotique

Synopsis

J'ai pris une profonde inspiration et ai soufflé lentement, léchant mes lèvres sèches.

N'avait-il le contrôle que pendant une heure?

Ou au moins la possibilité de partir?

Je l'ai entendu bouger dans la pièce, la télé se rallumant ... réalisant qu'il attendait que je me sente à l'aise.

J'ai fermé les yeux, peu importe, puisque je ne pouvais pas voir à travers le bandeau de toute façon ...

Fantaisie soumise est un roman à fort contenu érotique BDSM et, à son tour, un nouveau roman appartenant à la collection Erotic Domination, une série de romans à forte teneur en BDSM romantique et érotique.

(Tous les personnages ont 18 ans ou plus)

Remarque sur l'auteure

Erika Sanders est une écrivaine de renommée internationale, traduite dans plus de vingt langues, qui signe ses écrits les plus érotiques, loin de sa prose habituelle, de son nom de jeune fille.

Indice

FANTAISIE SOUMISE POUR ERIKA SANDERS

CHAPITRE I

"Maintenant tu as vraiment des ennuis."

J'ai soufflé doucement.

C'était un son très peu féminin, mais pour le moment, la seule chose à laquelle il pouvait penser était ce qui allait se passer ensuite.

Avais-je vraiment lu les lignes entre tous nos e-mails?

Des chats en ligne?

Des appels téléphoniques de nuit?

Peut-être que cela aurait dû être plus subtil.

C'est ce que disent tous les magazines, non?

Les garçons ont besoin de moi pour leur dire quoi faire.

Détendez-vous, Debbie.

Le murmure contre mon oreille me fit sursauter.

«C'est facile pour toi de le dire, Harry.

"Chut. Je reviendrai."

J'ai pris une profonde inspiration et ai soufflé lentement, léchant mes lèvres sèches.

N'avait-il le contrôle que pendant une heure?

Ou au moins la possibilité de partir?

Je l'ai entendu bouger dans la pièce, la télé se rallumant ... réalisant qu'il attendait que je me sente à l'aise.

J'ai fermé les yeux, ce n'était pas grave, puisque je ne pouvais pas voir à travers le bandeau de toute façon, et j'ai pensé à cette nuit même plus tôt ...

CHAPITRE II

J'ai soulevé mon téléphone portable et j'ai expiré.

Mon doigt a survolé le bouton ENVOYER, mes yeux rivés sur les deux mots à l'écran: je suis ICI.

J'ai pris une profonde inspiration et scellé mon destin, priant pour que mes nerfs se calment, que je ne me sente plus nauséeux.

Il n'y avait plus de retour en arrière maintenant.

Le bruit d'une chasse d'eau étouffa le son d'un téléphone à proximité.

Un instant plus tard, la porte devant moi s'est ouverte et mes nerfs ont été amplifiés.

"Vas-tu rester là toute la nuit?" Dit-il calmement.

La voix grave venait de la porte éclairée.

Harry

Je n'avais plus besoin de fermer les yeux pour l'imaginer.

Ses larges épaules dépassaient d'un pied au-dessus de moi, enveloppées dans une chemise boutonnée avec les manches retroussées jusqu'aux coudes.

Ses yeux d'obsidienne regardaient les miens avec un regard brillant.

Ses grandes mains agrippaient le cadre et la porte alors qu'il se penchait dans le couloir vers moi.

Notre dernière et première rencontre avait eu lieu à une danse sur le thème du gangster et du cabaret une semaine plus tôt.

Mon propre terrain, mes propres amis, ma propre zone de confort.

C'était facile de tomber amoureuse de ses charmes, de la façon dont elle me serrait dans ses bras quand nous dansions lentement.

La façon dont il a basculé mon chapeau de feutre dans le parking avant de m'embrasser doucement, ses doigts touchant à peine ma joue.

La façon dont il m'avait murmuré à l'oreille que ma décision de m'habiller en gangster l'avait excité.

Mes genoux fléchirent alors qu'il se pressait contre ma hanche, montrant son excitation.

Il a fallu toute ma force pour pouvoir puiser dans moi-même pendant les sept prochains jours, surtout au travail.

Nos conversations téléphoniques et Internet de fin de soirée n'ont pas aidé.

Alors pourquoi avais-je si peur?

Je m'abandonnais au moment où j'avais fantasmé tout ce temps ...

«Debbie? Il ouvrit la porte et sortit maintenant dans le couloir, les coins de la bouche en bas. "Vous êtes doué?"

Je me suis reculé contre le mur, tenant mon sac du soir par-dessus mon épaule.

C'est une erreur.

Je n'aurais pas dû venir.

À quoi je pensais?

Attendez, je ne pensais pas.

Je ...

Ses doigts effleurèrent ma joue alors qu'il soulevait mon menton.

"D'accord. N'aie pas peur."

"Qui? Moi?" Ma voix était tremblante et pas du tout confiante, même si j'ai souri.

Son froncement de sourcils s'approfondit.

L'inquiétude et la déception se manifestaient dans ses yeux sombres.

"Tu ne veux pas faire ça?"

"Oui. Je vais bien."

Je me détournai du mur, marchant vers la fosse aux lions.

La porte se referma derrière moi, me faisant sursauter alors que je scrutais les environs.

C'était une chambre d'hôtel standard avec une baignoire jacuzzi sur la gauche, un bar à linge dans une alcôve à droite et une suite ouverte avec deux lampes et une horloge numérique sur de petites tables flanquant le lit solitaire.

Un canapé, une table, deux chaises et une commode basse avec une télévision boulonnée sur les meubles.

Pas cool.

Mais alors, ce n'était pas une occasion spéciale.

Eh bien, pas une pour laquelle vous loueriez une chambre d'hôtel de luxe, comme pour une lune de miel.

Un léger reniflement échappa à ma dernière pensée.

Non, rien d'important comme ça.

Il y a eu un tiraillement sur mon bras et j'ai cligné des yeux.

Mes yeux se sont levés pour rencontrer les siens, et son doux sourire a un peu apaisé la tension.

"Laisse-moi prendre ton sac."

J'ai relâché ma prise sur la sangle, le regardant placer le sac polochon sur la commode sous l'écran de télévision allumé mais silencieux.

Il a appuyé sur un bouton de la télécommande et l'écran est devenu noir.

Maintenant, c'était vraiment juste nous deux.

Les petits sons semblaient maintenant amplifiés.

Le doux sifflement de l'unité de climatisation.

Le bourdonnement de lumière au-dessus de nos têtes.

Bruit de glace dans la machine juste à l'extérieur de la pièce.

Le gargouillis de l'eau dans le jacuzzi d'angle à côté du lit.

Eh bien, ce n'est peut-être pas une chambre d'hôtel standard après tout.

Mon cœur battait à mes oreilles.

J'ai essayé de garder ma respiration régulière, j'ai essayé de me concentrer sur toute la situation.

Dans ce que je faisais.

Sur pourquoi je le faisais.

Un léger gémissement m'échappa quand je pensai au résultat final possible, et quelque chose se resserra dans mes entrailles.

Debbie, asseyez-vous.

Il a pris ma main et m'a guidé vers le lit.

Ma peau picotait au contact.

Mes genoux se sont automatiquement pliés, puis je me suis reposé sur le bord.

Ma petite taille me rendait difficile de m'asseoir et de toujours pouvoir toucher le tapis.

"Tu es magnifique ce soir."

Je clignai de nouveau des yeux et pencha ma tête vers lui.

Personne ne m'avait jamais traité de belle sauf mes parents.

Ses yeux se fixèrent sur la robe qu'elle avait choisie pour le bal de ce soir, une jupe en soie rouge avec un imprimé rose et un corsage noir sans manches qui offrait un large décolleté.

C'était l'un de mes préférés, principalement parce que je me sentais belle, malgré mon petit corps.

Un sourire dessina mes lèvres, content qu'il l'aurait aimé aussi.

"Je-je suis désolé. Je suis juste un peu ..."

"C'est bien je le comprends". Il s'assit à côté de moi, me tenant toujours la main.

Pendant plusieurs minutes, le seul bruit que nous avons fait était notre respiration, sa normale, la mienne a faibli.

Comment pouvez-vous être si calme?

J'ai gardé mon regard sur mes genoux, déglutissant lourdement comme lorsque je m'égarais sur ses genoux... J'y ai vu la légère bosse.

Il me serrait la main de temps en temps.

Finalement, quand je me suis sentie calme, j'ai levé les yeux sur son visage.

Il me regardait.

Les coins de sa bouche étaient maintenant relevés.

"Je vais t'embrasser, d'accord?"

J'ai incliné mon menton en réponse, puis sa main a pris ma mâchoire en coupe, me tirant plus près.

Mes yeux se fermèrent lorsque ses lèvres chaudes touchèrent les miennes.

Ils se sont touchés légèrement au début, puis m'ont pressé plus fort.

Je lui serrai la main, aspirant de l'air, de petits cris de surprise atteignirent mes oreilles.

Sa main glissa vers l'arrière de ma tête, ses doigts enfouis dans les mèches de mes cheveux.

Quand sa langue a dessiné ma bouche, j'ai frissonné.

Quand il m'a mordu la lèvre inférieure, j'ai haleté.

Et quand sa langue a glissé à l'intérieur, secouant ma langue, j'ai gémi.

Harry continua de serrer ma bouche avec la sienne jusqu'à ce que nos langues dansent, savourent, et mes gémissements deviennent plus fréquents.

Il a pris sa main de la mienne et a sorti le clip qui retenait mes ondulations brunes.

Les douces vagues descendirent en cascade sur mes épaules, chuchotant contre mes oreilles et mes joues avant de les repousser pour que je puisse tenir ma tête plus fermement.

Ma main trouva sa cuisse et la serra, provoquant un gémissement de sa part.

Nos corps se retournèrent l'un contre l'autre, les nerfs se calmèrent alors qu'il m'aidait à glisser sur la couette.

Quand je m'appuyai contre les oreillers, je soupirai et l'anticipation remplaça l'anxiété dans mes muscles tendus.

Ses doigts caressaient mes joues, mon front et mon cou, se tordant à travers mes tresses alors qu'il bougeait sa bouche contre la mienne.

Il était doux mais ferme.

En contrôle, mais pas pressé non plus.

Mes doigts remontèrent pour tracer les contours de son cou, à travers le léger chaume sur sa mâchoire, jusqu'à ses cheveux ondulés, tenant sa tête.

Quand ses doigts glissèrent sur mon épaule, sur la large sangle du corsage de ma robe, et frôlèrent mon bras nu, je retins mon souffle dans ma bouche.

Même à travers la robe et le soutien-gorge, elle pouvait sentir la chaleur de son toucher.

J'avais envie qu'il prenne ma poitrine, pour soulager la pression que je ressentais depuis notre première rencontre.

Il était si proche, mais il semblait volontairement éviter cette zone.

"Tu as si bon goût." Sa bouche recouvrit la mienne une fois de plus avant de se déplacer vers mon menton, ma mâchoire et derrière mon oreille avant de s'installer dans la courbe de mon cou.

Son nez me caressa, sa langue léchant ma chair.

J'ai pris une profonde inspiration et relâché l'air lentement avec un gémissement.

"Tu sens incroyable."

J'ai gémi, ma peau a picoté quand il l'a dévastée.

"S'il vous plaît ne vous arrêtez pas. Hmm."

"Je n'ai aucune intention de le faire." Sa voix était étouffée alors qu'il suçait doucement, mordillait puis léchait avec les douleurs aiguës qui en résultaient.

J'ai attrapé ses bras, m'ancrant à lui.

Son corps chaud se pressa contre mon côté, allumant des étincelles sous ma peau.

Je voulais le mettre au-dessus de moi, mais je n'avais tout simplement pas l'énergie.

Ou le courage de prendre l'initiative.

Sa bouche a posé des baisers de papillon sur mon épaule et dans ma gorge.

Quand il a pris sa retraite, j'ai ouvert les yeux.

Ses yeux étaient fixes, mais pas sur mon visage.

Je continuai son chemin, et haletai quand je vis l'objet de sa concentration: la montée et la descente rapides de mes seins poussant contre les limites du décolleté de la robe.

Mon regard revint sur son visage juste à temps pour le voir se lécher les lèvres.

"Si tu veux que j'arrête, ce serait le moment ..."

"Non non Non". Je fermai les yeux et un frisson me parcourut en pensant que tout pouvait finir si vite.

Un léger rire fut sa seule réponse, puis ses lèvres effleurèrent à nouveau ma gorge.

Lentement et méthodiquement, ils couvraient chaque centimètre carré de peau.

Parfois, sa langue jaillissait, me faisant frissonner.

Mon souffle s'est arrêté plusieurs fois alors que je me déplaçais plus bas.

Quand ses lèvres ont caressé le gonflement de ma poitrine, j'ai attrapé ma jupe, mon corps se cambrant vers lui de mon plein gré.

La partie plate de sa langue caressait la montée au-dessus du bord de mon soutien-gorge en satin noir, et la sensation de chaleur humide me brûlait.

Il bougea, passa un bras sur mon ventre et tourna la tête.

Mon nez enfoui dans ses cheveux.

Ça sentait un peu la lotion fraîche après-lavage, et j'ai expiré avec un soupir.

Ma concentration a changé quand j'ai senti son doigt ramper le long de la courbe de mon décolleté, plongeant dans l'espace entre mes seins avant de glisser sous le bord du soutien-gorge.

Sa langue suivit et un gémissement monta du fond de ma gorge.

Mes tétons étaient si durs qu'ils me faisaient mal.

S'il venait juste de ...

Mon corps se tordit, le pressant d'aller un peu plus bas, là où je le voulais.

Là où j'en avais besoin.

Quand j'ai bougé ma main, essayant littéralement de prendre les choses en main pour soulager la douleur, il bougea à nouveau et attrapa mon bras, le soulevant au-dessus de ma tête.

Il se leva suffisamment pour libérer mon bras gauche de dessous lui et le lia avec mon bras droit.

Tenant ses deux poignets avec sa main droite, elle abaissa à nouveau sa bouche sur ma poitrine et continua à adorer ma peau maintenant brûlante.

«S'il te plait... oh s'il te plait, Harry...» murmurai-je au-delà des gémissements qu'il sortit de moi.

«Qu'est-ce que tu veux, Deb? Son souffle a traversé la barrière du soutien-gorge et m'a fait encore plus mal. "Dis moi ce que tu veux."

"Oh ..." Mon esprit était brouillé, et je me sentais soudain à nouveau gêné.

Pourquoi ne peux-tu pas comprendre ce que je te demande?

"Cela pourrait être?" Ses doigts effleurèrent le bas de ma poitrine à travers la robe et je gémis. "Oui, je pense que c'est ce que tu veux."

Il a plaisanté de nouveau, et finalement sa main a pris ma poitrine en coupe, serrant doucement.

Son pouce frôla le mamelon.

Même à travers le matériau du soutien-gorge, il a envoyé des ondes de choc dans tout mon corps.

"Oh mon Dieu!"

Mes yeux s'ouvrirent brusquement et je retins mon souffle, fixant le plafond, mais ne voyant rien, me délectant du fait qu'il m'avait finalement touché là où j'avais besoin de lui.

J'ai haleté quand il a déplacé sa main vers le haut et a glissé un doigt sous le bord de mon soutien-gorge et l'a balayé encore et encore directement sur mon mamelon.

La chaleur s'est précipitée et s'est accumulée entre mes jambes.

Le monde s'est calmé.

Ses lèvres effleurèrent mon oreille, son souffle brûlant et me faisant toujours frissonner.

Mon souffle se bloqua dans ma gorge alors que sa main s'enfonçait plus profondément dans mon soutien-gorge pour m'embrasser complètement.

Je sentis sa peau un peu rugueuse alors qu'il pétrissait ma poitrine, faisant rouler mon téton entre son pouce et les autres doigts.

Je me tournai vers lui, ma bouche cherchant la sienne.

Il gémit, pressa ses lèvres contre les miennes et me repoussa sur le dos.

Je bougeai sous lui, faisant écho à son gémissement alors que sa langue passait sur ma bouche et jouait avec ma langue.

Il me serra encore une fois la poitrine puis retira sa main.

Il relâcha mon poignet gauche, glissa sa main sur mon épaule et tira à la fois la sangle de ma robe et mon soutien-gorge le long de mon bras.

L'air froid effleura ma poitrine maintenant nue.

Mon téton se serra douloureusement.

Il était essoufflé, tremblant, quand ses doigts glissèrent le long de mon bras et le soulevèrent lentement au-dessus de ma tête.

Quand je le sentis attacher quelque chose autour de mon poignet, je sursautai automatiquement.

«Harry?

«Oui Debbie? Il descendit en m'embrassant par le bras et sur ma poitrine, suçant mon téton dans sa bouche.

"Oh!" J'ai oublié ce que j'allais lui demander, mes nerfs se sont éclaircis avec cette simple action, et je me suis cambré contre lui.

Il gloussa, taquinant mon mamelon avec sa langue alors qu'il grimpait sur moi et relâchait mon autre poignet.

Quand il a découvert mon sein droit, il a déplacé sa bouche de ce côté tout en mettant à nouveau cette main sur ma tête.

J'ai eu du mal à avaler, le regardant attacher mon poignet droit.

"Vous êtes si sexy". Ses yeux brillaient alors qu'elle était assise à côté de moi, regardant ma poitrine nue, ma robe et mon soutien-gorge juste en dessous de mon buste.

Je tirai doucement sur mes poignets et ravalai la tension.

Il y avait assez de jeu pour que mes bras se détendent contre les oreillers, mais pas assez pour que je puisse me détacher si je le voulais.

«Je ne pensais pas que tu te souviendrais.

Qu'est-il arrivé à ma voix?

Cela semblait très enroué.

"Oh, je me souviens. Je me souviens de tout."

Ce sourire paresseux, ce ton profond, ce regard sombre soudain dans ses yeux ont fait que mon cœur saute un battement.

Mon esprit s'est empressé de me souvenir de tout ce dont nous avions discuté ... et je me suis demandé si j'avais oublié de mentionner quelque chose.

Mais j'ai perdu la concentration quand il a tendu la main sous mon dos, a détaché les clips de mon soutien-gorge et a glissé la fermeture éclair de ma robe.

J'ai gardé mes yeux sur lui, voyant une fascination apparente dans ses yeux alors qu'il secouait ma robe, révélant de plus en plus mon corps nu.

Elle retint son souffle lorsqu'elle révéla ma culotte en satin noir.

Je me suis approché de lui et il s'est arrêté, saisissant mes hanches et passant ses pouces d'avant en arrière sur ma peau couverte.

Reprenant ma nudité, le satin de ma jupe effleura mes jambes nues, puis jeta la robe de côté.

Ses doigts glissèrent sur mes mollets, descendirent jusqu'à mes genoux, puis redescendirent pour déboucler et retirer mes talons hauts.

J'ai eu une soudaine poussée de courage.

Je passai lentement le bout de ma langue le long de ma lèvre supérieure et bougeai mes hanches.

"Alors tu aimes ce que tu vois?"

Ses yeux se sont posés sur les miens, et je jure que j'ai vu un éclair de feu en eux.

Il ne parla pas, mais il glissa ses doigts sous le bord de ma culotte et les abaissa lentement.

J'ai dégluti, réalisant que je craignais vraiment qu'il aime ce qu'il voyait.

L'air froid me frôla, et je ne pus m'empêcher de presser mes cuisses l'une contre l'autre, gémissant et se tordant alors qu'il me regardait.

Quelques fois, il leva la main comme pour me toucher là-bas, mais sa main revint sur ses genoux.

J'aimerais pouvoir lire dans vos pensées.

Il fouilla dans sa poche arrière, puis se pencha vers moi, frottant ses lèvres contre les miennes.

"Vous êtes doué?"

J'ai pris quelques respirations profondes puis j'ai souri.

"Oui je suis bien."

Ses yeux rencontrèrent les miens et il me sourit en retour.

"Menteuse."

Ses mains passèrent sur mon visage.

Un chiffon doux couvrit mes yeux, bloquant la lumière et fixa l'élastique sur ma tête.

Ma respiration s'est coupée.

Je n'ai pas pu l'éviter.

Il avait raison.

Une partie de moi s'inquiétait d'être allé trop loin.

J'avais voulu ça.

Mais une fois que mon contrôle a disparu, mes nerfs sont revenus et j'ai eu peur.

Pas nécessairement Harry, mais ce qu'il ferait ... ou ne ferait pas.

Il semblait l'avoir fait avant.

Et si je ne suis pas à la hauteur de vos attentes?

CHAPITRE III

Ce qui nous a ramenés allongés sur le lit, complètement nus, les yeux bandés et les mains liées à la tête de lit.

Harry était assis ou debout dans une autre partie de la pièce, écoutant les répétitions de la loi et de l'ordre.

Je doutais beaucoup de regarder la télévision.

Je pouvais vraiment sentir ses yeux sur moi.

Et ce n'était pas ce sentiment gênant lorsque vous savez que quelqu'un vous regarde et se demande pourquoi, puis regarde nerveusement autour de vous en essayant de localiser le coupable.

Au lieu de cela, j'ai senti la chaleur se propager à travers moi, heureux de me trouver digne d'être regardé.

Plusieurs minutes se sont écoulées, la série est passée à une publicité, et en arrière-plan, j'ai entendu le cliquetis clair de l'ouverture et de la fermeture de la porte de la chambre d'hôtel.

«Harry?

Il n'y avait pas de réponse.

J'ai essayé de ne pas paniquer, mais je n'ai pas pu m'empêcher de tirer sur mes attaches.

Je n'ai entendu personne d'autre dans la salle, ce qui était une bonne chose.

Mais reste...

Mes pensées me dépassaient quand j'entendis la porte s'ouvrir à nouveau.

J'ai retenu mon souffle, entendu le tintement de la glace dans un verre et le sifflement d'une canette de soda ouverte.

La chaleur d'un autre corps frôla mon côté droit et le lit sombra sous le poids de quelqu'un assis.

J'ai haleté quand une paume fraîche a effleuré mon mamelon droit.

"Je t'ai manqué?"

Je laissai échapper un souffle tremblant, soulagé d'entendre la voix de Harry.

"Dites-moi quelque chose la prochaine fois que vous partez!"

"Désolé. Je ne voulais pas te faire peur."

Ses lèvres effleurèrent les miennes.

J'ai senti la queue dans son souffle.

Nos langues ont flirté pendant un moment, puis il s'est penché en arrière.

"Devrions-nous commencer?"

Je souris, me relaxant contre les oreillers.

Je l'ai entendu poser son verre, puis il a commencé à fouiller sous ma tête, en abaissant la couette et les couvertures.

Ma peau se hérissait, me faisant la chair de poule, alors que ses mains frôlaient mon corps.

J'ai aidé autant que j'ai pu dans ma position en soulevant mon corps.

Alors que j'étais déjà allongé seul sur les draps froids, le poids du lit changea de nouveau et la télévision se tut.

"Vous ne pouvez rien voir, n'est-ce pas?"

J'ai incliné la tête en avant, de chaque côté, puis je me suis détendu à nouveau.

"Non rien."

"Alors profite. Et pas un mot."

J'acquiesçai et fléchis mes poignets et mes doigts.

Je savais qu'il me regardait à nouveau, et la chaleur s'est accumulée entre mes jambes.

J'ai bougé mes hanches, bougé mes orteils, puis j'ai tourné mes chevilles.

Tout pour me distraire.

Mes lèvres sont soudainement devenues sèches et je les ai léchées, avalant et trouvant ma bouche sèche également.

Je me forçais à respirer normalement, écoutant les indices de ce que je pourrais faire.

Le climatiseur s'est éteint, puis j'ai juste entendu sa respiration uniforme.

Mais même ainsi, cela ne m'a pas touché.

Après plusieurs minutes, mes muscles se détendirent et mes jambes légèrement écartées.

Son souffle s'est arrêté et j'ai souri.

Je me demandais si vous vous masturbiez, mais vous en auriez sûrement entendu parler.

J'allais lui demander si tout allait bien quand je le sentirais.

C'était un toucher très léger, directement sur mes deux tétons.

J'ai gémi quand ils ont durci.

La sensation s'est déplacée vers le bas, suivant la courbe sous mes seins et sur les côtés.

C'était définitivement une plume, la plénitude effleurant ma peau comme le bout des doigts les plus doux.

Il s'est déplacé sur mon abdomen, soulignant mes côtes, entourant mon nombril.

Mes hanches tremblaient alors que la pointe frôlait la région de l'aine, là où ma jambe rejoignait mon corps.

J'ai frissonné en roucoulant.

Il a répété le mouvement, bougeant sur ma hanche et lentement à nouveau, en suivant la ligne de mon bassin.

Je me tordais quand il a passé le plat du stylo sur le dessus de ma cuisse gauche.

La chair de poule monta sur mon dos et j'écartai mes jambes, utilisant mes pieds pour gagner en force contre le lit pour pousser.

Harry gloussa.

«Patience, Deb.

Mais il a glissé la plume à l'intérieur de ma cuisse, sous mon genou et mon mollet.

J'ai ri quand il a chatouillé le bas de mon pied.

Cela a changé pour travailler sur mon côté droit.

Je pouvais sentir la chaleur de son corps penché sur mes jambes.

La plume a tracé le même motif sur l'autre jambe, mais en arrière.

De mon pied à mon mollet, sous mon genou et sur ma cuisse, en passant par mon bassin et mes côtes.

J'arquai le dos et gémis doucement alors que mes tétons frôlaient la manche roulée de sa chemise.

"Hé, ne triche pas!"

J'ai souri et léché mes lèvres, mais je me suis comporté et je me suis allongé.

Il s'écarta et je le sentis bouger au-dessus de ma tête.

Le stylo a tracé le bas de mon bras droit jusqu'à mon poignet et a effleuré mes doigts.

Il a dessiné des cercles sur ma paume ouverte avant de redescendre le long de mon bras.

La pointe a balayé mon épaule, le long de ma clavicule et sur ma gorge.

J'appuyai ma tête vers la gauche contre l'oreiller et soupirai alors qu'il traçait des motifs sur mon cou et me taquinait l'oreille.

Quand il a glissé la plume sous mon menton, j'ai incliné la tête de l'autre côté et j'ai encore soupiré alors qu'il répétait les mêmes mouvements sur tout mon cou, par-dessus mon épaule et sur mon bras et ma main gauches.

J'ai bougé mes doigts, le stylo glissant entre eux.

Il se leva, laissant mon corps supplier.

Mes doigts se sont serrés, faisant écho aux constrictions, au plus profond de moi.

Je léchai à nouveau mes lèvres, sentant mon cœur battre.

Heureusement, ce ne fut pas long.

Une nouvelle sensation, je suppose un foulard en soie, effleura mes doigts et mes deux bras en même temps.

Il couvrit mon visage, glissant lentement le long de mon nez et de ma bouche pour couvrir mon cou.

Quand il atteignit mes seins, je me cambrai en gémissant.

Il l'a frotté d'avant en arrière sur mes mamelons endoloris.

Puis l'écharpe a caressé mon ventre et mes hanches, caressant brièvement mon bassin en se dirigeant vers mes cuisses et mes pieds.

Il répéta le processus en sens inverse, prenant soin de s'arrêter aux zones où il gémissait de plaisir.

Et puis le foulard a disparu aussi vite qu'il est apparu.

J'ai entendu Harry fouiller dans un sac en plastique, puis il s'est de nouveau allongé sur le lit à côté de moi.

Il y eut un claquement qui ressemblait à un couvercle en plastique.

J'ai haleté quand quelque chose de froid a recouvert mon sein gauche.

Sa langue lécha mon téton avant de le sucer dans sa bouche.

"Ooh!" Je me suis cambré vers lui et il a obéi, faisant glisser sa langue sur ma poitrine, sa main en coupe la serrant.

Quand il a apparemment léché mon sein gauche, il s'est déplacé pour s'allonger sur mon côté droit et répéter le processus.

Je pouvais sentir la chaleur palpiter à l'intérieur de moi, suppliant d'être touché, et j'ai gémi.

«Je sais, Deb. Je sais. Il serra ma poitrine droite et tendit la main pour m'embrasser, plongeant sa langue dans ma bouche. "Mmm".

J'ai essayé le chocolat et j'ai gémi avec.

Il m'embrassa sur le menton et le cou, me caressant l'épaule.

Un filet de chocolat froid tomba sur mes lèvres et je les léchai avidement.

Son doigt se pressa entre mes lèvres, et je le suçai profondément dans ma bouche, en l'essuyant également sur le chocolat.

Puis la froideur coula le long de mon menton et de ma gorge.

Il a continué à travers le décolleté entre mes seins et a encerclé mon nombril.

Sa langue et ses lèvres suivirent lentement, me faisant trembler d'excitation.

Les matelas ont grincé pendant qu'il s'éloignait, puis j'ai entendu de l'eau courante dans la salle de bain.

Elle est revenue une minute plus tard, passant lentement un gant de toilette chaud sur mon cou, mes seins et mon ventre.

Le changement de température m'a fait haleter et mon corps a ondulé.

Il se coucha à nouveau sur mon côté gauche, sa main tendue sur mon abdomen.

Il me massa un moment, sa bouche recouvrant mon mamelon gauche, mordillant et suçant doucement.

J'ai essayé de me pencher pour passer mes doigts dans ses cheveux, mais mes mains ne pouvaient pas l'atteindre, me rappelant que c'était contenu.

Je me suis accroché à l'air à la place, essayant de presser mon côté contre lui.

Sa main glissa vers le haut et prit ma poitrine en coupe.

J'ai pleuré pour la morsure soudaine d'un glaçon frottant contre mon mamelon.

Je me suis éloigné, mais il n'y avait nulle part où aller.

De l'eau froide coulait sur ma poitrine, de la glace entourant lentement mon téton.

Cela faisait mal, mais la douleur soudaine devenait extrêmement agréable et je sentis la chaleur augmenter à nouveau entre mes jambes.

Je gémis, essayant de m'éloigner maintenant, serrant les poings.

"Chut. Chut".

Sa main libre se pressa à nouveau contre mon ventre, me tenant contre le lit alors qu'il suçait mon téton engourdi, léchant l'eau.

Il s'écarta et une serviette chaude couvrit ma poitrine tremblante.

J'aurais dû être prêt à ce qu'il se déplace vers mon sein droit, mais le glaçon en lui me surprit encore.

J'ai crié, et encore une fois, je gémissais et m'éloignais, malgré ses tentatives pour me calmer.

La vive douleur est revenue, serrant mon mamelon, engourdissant la peau autour de lui.

Lorsque la glace a fondu, sa bouche a léché et aspiré l'eau, puis la serviette m'a réchauffé la poitrine.

Ma tête était floue maintenant.

Elle ne pouvait pas croire à quel point elle était excitée, encore plus depuis le traitement à la glace.

Je me sentais un peu coupable d'avoir apprécié la brève douleur.

Le plaisir qui en résulta était incroyable.

J'étais content qu'Harry m'ait attaché les poignets.

Elle était sûre qu'elle aurait essayé de l'arrêter si elle en avait eu l'occasion.

Depuis combien de temps en sommes-nous là, de toute façon?

Mes pensées sont revenues au présent alors que la glace glissait entre mes seins.

J'ai crié et me suis cambré.

Harry prit mes côtés dans ses mains, me tenant contre lui alors qu'il faisait glisser la glace de haut en bas au centre de mon corps avec sa bouche, mes seins effleurant ses joues.

J'ai senti l'eau s'accumuler dans mon nombril, se répandre sur mes hanches.

Je ne pensais pas que mon corps pouvait arrêter de trembler.

Quand la glace a disparu, sa langue l'a remplacée, léchant ma peau maintenant brûlante sous la couche froide de glace et d'eau.

Ses mains bougèrent pour prendre mes seins, les pressant alors qu'il caressait le décolleté au milieu.

Il m'a fallu un moment pour réaliser qu'il était couché entre mes jambes.

J'ai instantanément amené mes genoux jusqu'à ses hanches.

C'était si bon recroquevillé contre moi là où j'avais le plus besoin d'être touché.

Je soupirai, à cause de la chaleur de sa masse dure évidente à travers son pantalon.

Son rire profond vibra dans ma poitrine.

"Ok. J'ai l'idée."

Il m'a relâché et a rampé loin de mes jambes.

Je me suis plaint de l'absence soudaine, mais sa main sur ma hanche a calmé mon corps tordu.

Ses doigts se frayaient un chemin entre mes boucles et ma peau chaude.

J'ai soupiré.

Mes jambes se sont de nouveau écartées.

Un de ses doigts pressé contre ma fente lisse, touchant brièvement mon clitoris.

Je roucoulai, écartant mes jambes.

Lentement, il caressa sa paume sur mes lèvres extérieures.

De temps en temps, il mouillait son doigt, le faisant glisser d'un bout à l'autre, me faisant haleter.

Sa main s'arrêta, prenant mon monticule en coupe, et deux doigts pressés, étirant ses lèvres gonflées.

Je retins mon souffle tandis que son pouce encerclait mon clitoris.

Et puis un doigt glissa plus bas.

Il a joué avec, traçant le bord de mon trou avide avant de passer à effleurer les parois de mes lèvres intérieures.

Mes hanches sursautèrent, essayant de le forcer à descendre et à entrer en moi.

Sa main libre pressa mes hanches contre le lit, puis il me caressa complètement la chatte.

Le talon de sa main reposait contre mon os pelvien alors que ses trois premiers doigts glissaient vers le bas, dans la vallée, et se recroquevillaient pour frotter contre mon clitoris.

Encore et encore.

C'était une sensation exquise, le faisant enfin me toucher, soulageant un peu la pression.

Mes mains se sont crispées, mon corps se cambre, luttant pour se libérer.

Je grognai, ramenant ma tête sur l'oreiller alors qu'il enfonçait deux doigts épais en moi puis suçait le mamelon entre mes dents.

Sa main accéléra, appuyant fort et profondément.

La tension dans mon ventre a augmenté et j'ai resserré mes cuisses autour de sa main en hurlant.

Sa main s'arrêta, mais ses doigts continuaient de bouger, toujours enfouis entre mes jambes.

Il a sucé ma poitrine alors que je chevauchais vers mon premier point culminant.

Quand j'ai repris mon souffle après avoir couru, il s'est éloigné.

Je l'ai entendu fouiller à nouveau le sac, puis il était allongé entre mes jambes, écartant mes cuisses.

Ma respiration s'est à nouveau accélérée lorsque j'ai senti quelque chose de froid et de crémeux se répandre sur ma chatte.

Je frissonnai et suçai ma lèvre inférieure, incapable d'empêcher mes hanches de se cambrer vers lui.

Ses doigts effleurèrent l'intérieur de mes cuisses, puis il pressa avec un doigt, le glissant dans ma chatte de haut en bas.

J'ai dégluti et pris une profonde inspiration juste pour qu'il glisse son doigt dans ma bouche.

Mes lèvres se refermèrent autour de son doigt.

Je gémis au goût de la crème fouettée avec une touche de mon propre jus de sexe.

Alors qu'elle suçait son doigt, il le caressa de l'intérieur et de l'extérieur, imitant ce qu'il avait fait auparavant en bas.

Il n'était pas difficile de penser qu'il faisait ça avec plus que ses doigts.

Le simple fait de penser au fait qu'il avait couvert ma chatte de crème fouettée et de deviner probablement pourquoi, d'après une expérience récente du chocolat, m'a fait haleter.

Il avait déjà joué avec moi plus de fois qu'il ne pouvait compter.

Et même si j'avais eu beaucoup de nouvelles expériences ce soir, je n'avais jamais imaginé un garçon me lécher là-bas.

Je l'ai senti s'asseoir sur le lit, sans me toucher.

Il grogna, long et bas.

C'était le son le plus sexy que j'aie jamais entendu, et je n'ai pas pu m'empêcher de le répéter.

La couche inférieure de la crème fouettée commençait à fondre et à couler autour de mon clitoris.

Je bougeai, gémissant doucement alors qu'il pressait plus de crème fouettée entre mes lèvres.

J'avais mis de la crème à raser là-bas quand j'essayais de me raser la chatte, et la sensation était tout aussi érotique maintenant, écrasant et caressant ma peau sensible.

"Nous devenons un peu combattant, non?"

J'ai émis un son inintelligible d'impatience et il a ri.

J'aimais autant son rire que son grognement sexy.

J'ai eu du mal à avaler, aimant ce qu'il me faisait mentalement et physiquement, malgré ma frustration intermittente.

Harry passa ses doigts sur ma poitrine gauche, le long de la lourde courbe en dessous, sur les vagues douces au sommet, soulignant l'aréole.

Il a pris une tasse et m'a massé la poitrine.

Son pouce et son index ont pincé mon téton.

Je me suis mordu la lèvre pour ne pas crier.

Il frotta doucement la bosse dure d'un côté à l'autre, puis aplatit sa paume contre elle, soulageant la douleur aiguë.

Sa main glissa le long de l'encolure au milieu et effleura mon sein droit.

Ses doigts me touchèrent à nouveau, électrisant ma peau, envoyant un nouveau feu entre mes jambes.

Quand il a pincé mon téton, je me suis roulé vers lui, souhaitant qu'il remette ma bouche sur lui.

"Très raisonnable."

Son souffle effleura ma joue, sa langue traça ma mâchoire, puis mon souhait se réalisa.

Ses lèvres se refermèrent sur mon téton et suça doucement la vive douleur qu'il avait créée.

Je me balançai d'avant en arrière en gémissant.

Je sentais la crème fouettée coller à mes cuisses maintenant, et je me demandais si j'avais oublié.

Je ne voulais pas qu'il arrête de me lécher la poitrine, mais soudain, je le voulais.

Je voulais savoir ce que ça faisait de voir sa langue me taquiner là-bas, comme il le faisait avec mon mamelon.

Ce que ça ferait d'avoir le bout de sa langue pressé en moi, ses dents mordant ma peau glissante.

Il passa à nouveau le plat de sa langue sur mon mamelon puis glissa le long de mon corps, embrassant, mordillant et léchant chaque centimètre carré de ma peau en cours de route.

En un rien de temps, j'étais allongé entre mes jambes.

Il m'embrassa sur les hanches puis fit glisser sa langue à travers la jonction entre mes jambes et mon bassin.

Il a ajouté une nouvelle couche de crème fouettée, puis ses bras s'enroulèrent autour de mes cuisses et les séparèrent.

J'ai gémi, mon corps a légèrement convulsé.

Je sentis son souffle chaud contre mes douces boucles.

J'ai pleuré quand sa langue est sortie et a touché mon clitoris.

J'ai écarté mes jambes et il a rapproché ma chatte nue de sa bouche.

Sa langue me lécha à nouveau et je gémis de soulagement.

Ses doigts massaient mes cuisses alors que je léchais plus profondément ma chatte.

J'entendis le doux son de sa langue léchant le mélange de mon humidité et de la crème à tartiner.

Sa langue était partout, sans manquer une fissure.

C'était un processus lent et tortueux, et j'ai prié pour qu'il ne s'arrête pas de sitôt.

Je me laisse aller, mes hanches tremblent sous sa bouche.

Quand il a sucé mon clitoris, j'ai encore crié.

Quand il pressa le bout de sa langue contre moi, je gémis.

Je ne pouvais pas en avoir assez.

Et je voulais y toucher plus que jamais.

J'ai maudit mes restrictions ... tout en augmentant le niveau d'excitation en même temps.

Je n'ai jamais ressenti une telle variété de sentiments à la fois.

Je suis venu une seconde fois quand son doigt a glissé à nouveau en moi.

Il me caressa à travers mon orgasme, sa bouche s'accrochant toujours à mon clitoris, son souffle chaud se mélangeant à ma propre chaleur et humidité.

Je descendais de mon apogée quand j'ai senti le glaçon et j'ai crié.

Je l'avais poussé en moi, et l'eau froide coulait entre mes fesses.

Ses doigts se pressèrent, tenant la glace en place, laissant ma chaleur la faire fondre.

Je sentis mes muscles se resserrer autour de ses doigts, et il les caressa lentement de l'intérieur et de l'extérieur en même temps que mes cris.

Un autre glaçon a rejoint la scène, cette fois contre mon clitoris.

Je suis tombé dans un autre orgasme, ma tête roulant d'avant en arrière entre mes bras levés, sentant la glace et ses doigts me caresser.

Sa bouche lécha à nouveau ma chatte alors que je me tortillais sous lui.

D'une manière ou d'une autre, mes doigts ont réussi à saisir l'oreiller.

Je pense que j'ai hurlé des jurons parce qu'Harry a gloussé et a dit quelque chose à mon sujet comme «tu es une mauvaise fille», le son vibrant contre ma peau.

Finalement, il m'offrit un peu de soulagement et s'éloigna, abaissant mes jambes sur le lit.

J'étais haletante, les yeux serrés.

Mon corps était en feu, comme si rien de ce que j'avais fait jusqu'à présent ne l'avait complètement satisfait, et pourtant je me sentais épuisé.

Sa bouche couvrait la mienne.

J'ai réussi à trouver assez de force pour l'embrasser en retour, savourant et sentant mon propre musc doux sur ses lèvres.

CHAPITRE IV

J'ai dû m'endormir parce que ma prochaine pensée fut de me demander pourquoi j'étais couché sur le ventre sur le ventre.

Mes poignets étaient toujours attachés à la tête du lit, au-dessus de ma tête.

J'avais toujours les yeux bandés et toujours nue, mais je m'étais retournée.

Je soupirai, sentant mes seins se presser contre le drap chaud, mon visage recroquevillé sur un oreiller posé entre ma tête et mes bras.

Il pouvait maintenant atteindre les lattes de bois de la tête de lit.

Je les attrapai légèrement, sentant ma sueur et mon parfum sur l'oreiller.

J'étais sur le point d'appeler Harry quand j'ai senti un liquide chaud sur mes omoplates, puis la sensation de mains répandant le liquide sur ma peau.

Ça sentait la lavande.

«Bon retour, Deb. Tu as fait une petite sieste. Il se pencha et m'embrassa sur la joue. "J'ai profité de la situation et je t'ai relocalisé. Tu te sens bien? Tu as mal aux bras?"

J'ai souri et murmuré:

"Je ne vais pas bien".

"Bon."

Il m'embrassa à nouveau puis commença à me masser le dos et les épaules.

Ses doigts glissèrent sur la peau de l'huile.

Ses mains pressaient et tiraient doucement sur mes muscles, attirant des gémissements et des soupirs du plus profond de moi.

J'avais eu plusieurs massages auparavant, mais aucun n'avait été aussi sensuel.

Cela m'excitait plus qu'il ne soulageait en fait toute tension accumulée.

Ses doigts se sont déplacés vers la base de ma tête, massant mon cuir chevelu et derrière mes oreilles.

Je respirai lentement, me rappelant où mes doigts m'avaient massé.

Quand il a fini avec mon cou, il a levé ses bras vers mes mains.

Nos doigts entrelacés, enduits d'huile.

Il me serra les mains et redescendit sur mon dos et sur les côtés.

Je frissonnai quand ses doigts effleurèrent mes seins, frottant l'huile autour de ma poitrine là où ses doigts pouvaient atteindre.

Il gémissait maintenant, sentant le poids de son corps entre mes jambes, se pressant contre mes fesses.

J'ai frissonné quand j'ai senti sa bosse durcir, mais il s'est reculé, travaillant sur mes jambes maintenant.

Je gémis, enfouissant mon visage dans l'oreiller pour étouffer le son.

Il a terminé avec mes pieds et a lentement glissé ses mains le long de l'arrière de mes jambes, sur mes fesses, en appuyant sur l'arrière de ma taille, mes hanches et sur mes côtés.

Ses doigts effleurèrent à nouveau les côtés de mes seins, puis il se coucha sur moi, sa bouche contre mon cou.

Il repoussa mes cheveux et mordilla le lobe de mon oreille droite, me faisant gémir.

Je soupirai et bougeai mes fesses contre lui, sentant sa dureté palpiter en retour.

Elle ne voulait pas mendier et elle avait accepté de ne rien dire, mais elle avait chaud et était énervée malgré le massage.

J'avais besoin de plus.

«Harry? Je gémis et m'arquai à nouveau.

«Oui Debbie?

Cela avait l'air amusant.

Comme si je m'y attendais.

Il se pressa contre moi.

Grognai-je.

"S'il vous plait?"

Il m'a léché le cou.

"S'il vous plait que?"

"S'il vous plait..."

"Hmm?" Il se leva, j'entendis le murmure des vêtements, puis il s'assit à côté de moi, sa cuisse nue contre mon épaule.

Sa main caressa le bas de mon dos, caressant mes fesses.

«Qu'est-ce que tu veux, Deb?

Je n'ai pas pu respirer un instant, sachant que sa bite était là.

Je gémis puis mordis ma lèvre inférieure.

"Laisse moi te voir."

Il a enlevé le bandage et j'ai dû cligner des yeux plusieurs fois pour m'adapter à la lumière.

J'ai regardé son épaule nue et un tatouage de fil de fer barbelé entourant son biceps gauche.

Mes yeux se sont déplacés vers le bas, et j'ai senti quelque chose au fond de moi se tortiller de désir quand j'ai vu sa bite, dure et épaisse sur sa cuisse.

Il me désignait directement, la tête rouge vif.

Je retins mon souffle et tournai mon visage vers l'oreiller, saisissant à nouveau les lattes de la tête de lit.

"C'est tout?" Sa main se déplaça plus bas, caressant l'intérieur de mes cuisses.

Je me tortillai en gémissant.

"Ne pas."

«Que veux-tu d'autre, Deb? Sa voix était plus douce, plus rauque.

Je me suis forcé à avaler et j'ai fermé les yeux.

"Toi. Je te veux. S'il te plaît."

"Alors?" Ses doigts ont glissé dans mon humidité, frottant contre mon clitoris.

Je haletai, mes yeux s'ouvrirent.

D'une manière ou d'une autre, j'ai réussi à retrouver ma voix.

"Je veux plus."

Il me caressa lentement.

Ses doigts se sont enfoncés en moi.

"Alors ?"

"Je veux plus."

J'ai eu du mal à mettre mes genoux sous moi, à écarter mes jambes et à le sentir plus profondément.

"Que dis-tu de ça ?" Sa voix était un murmure chaud à mon oreille.

Je gémis quand je le sentis presser sa bite contre moi, la caressant d'avant en arrière entre mes lèvres extérieures.

"Oh s'il te plait oui !"

« Que veux-tu que je fasse ensuite, Deb ?

Ma langue se figea.

Je pensais juste à des choses sales dans ma tête.

Je n'avais jamais imaginé dire de tels mots à voix haute.

Jusqu'à maintenant.

Mais je ne pourrais pas les dire.

Je ne pouvais tout simplement pas ...

Il se pencha sur mon dos, sa bite reposant entre mes fesses, et murmura à mon oreille :

« Tu veux que je te baise, Debbie ? Tu veux que je ralentisse vraiment ?

Je m'étranglai puis acquiescai si furieusement que mon cou me faisait mal à cause de l'effort.

Il gloussa, se rassit et agrippa ma hanche gauche avec sa main forte.

Je l'ai senti bouger sa bite jusqu'à ce qu'elle repose entre mes lèvres extérieures.

La pression a augmenté.

Mon corps tout entier se tendit.

Elle avait joué avec des jouets plusieurs fois, donc elle était habituée à la taille de sa queue.

Mais j'avais seulement imaginé ce que ce serait de se sentir réel en moi.

En dépit d'être excité et dilaté, je m'inquiétais toujours de la douleur.

Il a poussé mes genoux avec les siens et ils ont glissé plus loin dans les draps.

Il pressa à nouveau, et cette fois il entra.

Je m'étranglai à nouveau, enfouissant mon visage dans l'oreiller, prétendant que c'était ses doigts au lieu de sa bite pour que je puisse me détendre.

Et juste comme promis, très lentement, pouce par pouce, il est entré dans ma chatte chaude et humide.

Je ne pouvais pas croire ce sentiment.

Il n'y avait aucune douleur.

Au lieu de cela, il y avait une forte chaleur lancinante.

Et le plaisir.

Oh quel plaisir!

Je pensais que ça ne s'arrêterait jamais, puis ça s'est arrêté, et nous sommes tous les deux allés très tranquillement.

«Est-ce que ça va Deb?

Une main tenait toujours ma hanche

L'autre caressa le bas de mon dos.

J'ai réussi à dire "Oui".

Il ne pouvait qu'imaginer notre scène érotique: moi à quatre pattes, mes poignets attachés au lit, mes fesses levées vers lui.

Il s'agenouilla derrière moi, sa bite enfouie au fond de moi, ses mains sur mes hanches.

Les tremblements me traversèrent.

Je ne m'étais jamais imaginé soumis ... jusqu'à ce soir.

Il a commencé à reculer.

Il se dirigea lentement, un peu à l'extérieur, de retour à l'intérieur; Il est sorti un peu plus, tout le chemin du retour, jusqu'à ce qu'il glisse pour que seule la tête de son membre reste à l'intérieur.

Ce fut une expérience impressionnante, et je ne pouvais que haleter avec peu de plaisir alors qu'il bougeait.

Ses deux mains agrippèrent mes hanches maintenant, et il me baisa lentement dedans et dehors, balançant mon corps d'avant en arrière contre lui.

Il a accéléré le rythme et je me suis retrouvé à bouger comme je le voulais.

Quand il appuya complètement, s'arrêtant pour donner une poussée supplémentaire, enfouissant ses couilles contre mes fesses, je gémis plus fort.

J'ai perdu la notion du temps, juste en profitant des sensations:

Ses mains sur mon corps.

Sa bite en moi.

Le son étouffé de lui glissant dans ma chatte.

Mon cœur battait dans ma tête.

Notre respiration lourde.

Je ne sais pas s'il a dit quoi que ce soit, mais j'étais tellement concentré sur la pression croissante en moi que je ne pense pas que je l'aurais entendu si je l'avais fait.

Il n'avait pas augmenté sa vitesse à tout moment.

Ainsi toute l'expérience s'est intensifiée, le plaisir gagné.

Il bougea légèrement, peut-être pour soulager la pression sur ses genoux.

Peu importe pourquoi il l'a fait, mais il s'est aussi déplacé à l'intérieur et j'ai crié, réalisant qu'il avait touché mon point G.

Il fit une pause dans sa retraite.

"Debbie? Est-ce que je t'ai blessé? Est-ce que ça va?"

"Là!" C'était tout ce que je pouvais dire, haletai-je dans ma gorge, le poussant silencieusement à continuer.

J'ai attrapé les lattes de la tête de lit et j'ai essayé de me pousser contre lui, mais ses mains m'ont arrêté.

Il a poussé en avant et j'ai crié quand il l'a frappé à nouveau.

"Là!"

"Ah. Je l'ai, Deb. Je l'ai."

Et il l'a fait.

Encore et encore, il se glissa profondément dans cet endroit parfait.

Le bord se rapprochait de plus en plus.

Et puis je me suis retourné, criant tout le chemin.

Je m'effondrai contre le lit, mais il continua à caresser, murmurant des mots d'encouragement.

Il comprenait à peine ce qu'il disait, mais sa voix grave était réconfortante.

Je sentis ses mains me serrer plus fort.

Ses hanches se sont écrasées dans mes fesses, un courant chaud est entré profondément en moi, j'ai pleuré avec lui, puis nous nous sommes arrêtés.

Étonnamment, elle a recommencé à me caresser, aussi lentement qu'avant, et j'ai eu un autre orgasme.

Alors que je me secouais sous lui, Harry tendit la main au-dessus de moi et délia mes poignets.

Je suis tombé de mon côté.

Il me ramena contre sa poitrine, toujours en moi.

Les larmes me sont montées aux yeux lorsqu'une de ses mains a couvert ma poitrine et m'a caressée.

Son autre main est tombée pour prendre ma monticule, ses doigts glissant entre mes cuisses pour frotter mon clitoris.

Et je suis venu pour la cinquième fois.

À un moment donné, j'ai retiré ses mains.

J'ai senti son sexe glisser hors de moi et se coucher contre ma jambe.

Il répandit des baisers sur mon omoplate et me tint en position cuillère contre lui.

Quand je suis revenu à la réalité et que j'ai repris mon souffle, je me suis retourné pour le regarder.

Ses bras s'enroulèrent autour de moi et m'attirent plus près.

"Nous n'utilisons pas le bain à remous," murmurai-je contre son épaule.

"Quoi, il n'y a pas assez de plaisir pour une nuit?" Il gloussa et pressa ses lèvres sur mon front, passant mes cheveux derrière mon oreille. "Le départ de la chambre n'est pas avant midi demain. Nous avons donc beaucoup de temps."

J'ai penché la tête en arrière pour pouvoir le regarder dans les yeux sombres.

Ils avaient l'air lourds, aussi endormis que les miens.

J'ai réussi à cacher mon bâillement avec un sourire.

"Bien, parce que je manque de vengeance et que je suis une salope."

FIN

51

DOMINANT SUSAN.
LE NOUVEAU EMPLOI
(DOMINATION ÉROTIQUE)
POUR
ERIKA SANDERS

AVANT-PROPOS

Robert est un homme d'affaires mature et prospère, marié et père d'un fils du même âge que Susan.

Leurs familles sont des amis proches depuis de nombreuses années et il l'a vue devenir une jeune femme charmante.

Il avait toujours montré une amitié ouverte envers la fille et, au fil des ans, lui avait fait prendre conscience de son affection pour elle.

En secret, sa relation amicale et son affection pour la fille cachaient ses nombreux désirs sombres, sans aucune chance de les réaliser.

Sa soumission totale à lui était le seul rêve, dans ses pensées les plus sombres et dont elle souhaitait qu'il se réalise.

Susan est une fille, tout juste diplômée, titulaire d'un diplôme en commerce et désireuse de découvrir le monde.

Sur le point de commencer son premier vrai travail, un poste offert par Robert, un ami de la famille, par respect pour son père et reconnaissance de ses capacités.

Mais aussi, à son insu, alimenté par son désir de la posséder.

C'est une fille gentille, sensuelle mais douce qui a eu le même petit ami, Peter, depuis sa première année à l'université.

Ce sont des aventuriers, mais ils ne perturbent jamais leur monde.

Elle sait ce qu'elle veut, ou pense qu'elle sait, mais elle est vraiment très obéissante pour laisser les autres la guider sur les chemins de sa vie.

LE NOUVEAU EMPLOI

Elle s'arrête devant le bâtiment, les yeux fixés sur la façade d'acier et de verre.

Regardez tous les hommes et femmes bien soignés et pressés entrer et sortir de l'entrée.

Elle regarde sa propre jupe courte, accélère son rythme et entre.

Elle se sent petite et un peu intimidée par les hommes qui dépassent ses six pieds cinq pouces alors qu'elle monte dans l'ascenseur et entre dans l'entreprise de son nouvel employeur.

Regardant autour de lui, elle le voit à la réception parler à une femme blonde bombée et glousser avec flirt, son sourire illuminant son visage alors qu'il se tourne vers elle.

Elle rougit sans savoir pourquoi et se dirige vers lui avec ses talons claquant sur le carrelage.

Son bras entoure ses épaules de manière protectrice alors qu'il la présente à la fille au bureau.

« Anne, c'est ma petite Susy !

Elle rougit, puis se redresse et tend la main.

"Salut, en fait mon nom est Susan, ravie de vous rencontrer."

Il la dirige avec une main constante sur son épaule vers divers départements et autres cadres.

Il la présente comme Susan, pour laquelle elle est reconnaissante, et qui veut mettre ses meilleurs moyens dans ce monde de grande rivalité.

Elle reste près de lui toute la matinée à essayer de mémoriser une grande variété de noms avant qu'il ne la conduise finalement à son bureau.

Il lui montre le bureau dans l'antichambre qui sera le sien la plupart du temps où elle sera ici.

Elle range son sac à main et passe doucement ses doigts sur les meubles bien choisis.

Elle est conduite dans son bureau où il montre le mobilier sombre opulent, tout en cuir et en acajou.

"Et c'est là que je travaille."

La quittant pour la première fois, il s'assied à son bureau.

Elle se sent étrangement seule debout dans ce grand bureau devant lui.

Prenant quelques clés, il continue de parler:

«Sur la gauche, derrière la salle de jeux, vous trouverez une porte donnant sur une petite cuisine. Cela divertit souvent les clients. Le réfrigérateur du bar doit toujours être rempli avec ce qui est sur la liste, et il y a aussi un menu Vous devez apprendre à cuisiner tous les plats, au cas où le cuisinier ne serait pas disponible. Je le mettrai dans votre programme de formation. "

Il s'était déplacé rapidement derrière elle, la poussant vers la porte et l'ouvrant.

Les yeux écarquillés et émerveillée par la taille de l'entreprise et les bureaux qu'elle possédait, tout ce qu'elle pouvait faire, c'est hocher la tête bêtement.

"Ce sera ainsi."

"Oui monsieur," dit-il avec un sourire, mais la sévérité de sa voix la secoue.

"Oui monsieur ". Elle répond automatiquement.

La prenant par le bras, il sort de la cuisine et la conduit dans une autre chambre avec la porte sur le même mur.

«Et c'est ma salle de bain privée, tu peux l'utiliser, mais seulement avec ma permission, tu comprends Susy?

Elle hoche à nouveau la tête sans un mot devant l'opulence de cette salle de bain, se remettant quand elle le sent se raidir en babillant:

"Oui monsieur".

Il sourit à son obéissance.

«Vous utiliserez les toilettes des employés au bout du couloir si vous avez des besoins et que je ne suis pas là.

Elle est plus rapide cette fois.

"Oui monsieur".

De l'autre côté de la pièce, deux chambres similaires avec des portes qu'il vous montre.

"C'est une salle de réunion privée", elle jette un coup d'œil rapide alors qu'il la précipite "... et c'est là que je me repose si j'ai besoin de passer la nuit en ville."

La pièce était sombre et un grand lit à baldaquin et des bancs bizarres apparaissaient dans la grande salle.

Il eut à peine le temps de le sentir avant de lui fermer la porte.

Il la ramène à son bureau, allume l'ordinateur et montre son service de messagerie personnelle de son bureau à son ordinateur qui devrait toujours être allumé et ouvert.

Satisfait du «Oui» approprié au bon moment et de son inclination naturelle à être utile, il la laisse sur le bureau pour se familiariser avec son nouvel environnement.

Il teste son attention en lui envoyant de petits messages instantanés et sourit à ses réponses immédiates alors qu'elle lit les devoirs et les différents horaires auxquels elle s'est plainte à son bureau.

LA VÉRITABLE OCCUPATION

Il a été patient et gentil lorsqu'elle a pris connaissance de son nouvel emploi au sein de son entreprise.

Il lui parlait souvent via l'écran de messagerie instantanée à des moments où elle n'était pas en réunion, ou en dehors de l'entreprise, lui posant des questions sur sa famille, ses amis, comment les choses se passaient avec son petit ami, la faisant se sentir comme elle Vous voyez votre amour et votre véritable intérêt pour sa vie.

Pendant les premières semaines bien remplies de sa formation, il a pris le temps de la consulter et d'ajuster son emploi du temps si nécessaire, devenant son mentor, son amie et parfois une figure paternelle sévère.

Il plaisantait avec elle, jouait à des jeux et bavardait aimablement.

Les conversations devenaient progressivement plus intimes au fil du temps.

Ils jouaient souvent à la vérité ou à l'ose sur l'ordinateur, et dans le jeu, leurs questions devenaient plus personnelles et directes.

Puis il fit une pause en lisant sa dernière réponse.

Il s'était attendu à ce que quelque chose comme ça se produise, mais il ne s'était jamais vraiment attendu à ce que cela se produise.

Ici, il jouait la vérité et voici la chance d'oser à nouveau avec elle.

Elle a toujours choisi la vérité ... et elle a juste avoué une fessée de son petit ami et qu'elle aimait ça.

Avec cela, il allait commencer à réaliser son rêve.

Elle savait qu'elle ne jouerait probablement plus jamais ça avec lui, et elle a failli reculer, pensant qu'elle voulait arrêter, ou pire, en parler à quelqu'un dans l'entreprise et ensuite à sa famille.

Cependant, il devait passer à autre chose.

Son désir de longue date le poussa et il commença à écrire.

Elle n'avait pas choisi d'oser, mais il continuait à écrire ...

***

«Je te mets au défi de me laisser te donner une fessée, Susy.

Elle a regardé fixement, ne pouvait pas croire ce qu'elle lisait.

Elle était devenue proche de lui, l'adorait et la façon dont il se souciait d'elle et la faisait se sentir si spéciale, presque comme son père.

Peut-être qu'il plaisantait à nouveau avec elle, ne croyant pas ce qu'elle lui avait dit à propos de leur rendez-vous la nuit précédente.

Son esprit s'emballa à la pensée de la façon dont elle s'était sentie fessée par son petit ami et elle se tortilla sur son siège en réalisant qu'elle avait besoin de répondre.

Il regarda l'écran, la boîte de message vide, pour l'instant, attendant sa réponse.

***

Il a commencé à paniquer, mais il a ensuite vu qu'elle écrivait.

Son cœur battait vite, et il paniqua, avant de finalement voir ce qu'elle écrivait.

"Oui monsieur."

Elle a tapé rapidement, l'incitant et sa chance d'agir:

«Alors entre dans mon bureau et ferme la porte. Quand tu entreras dans mon bureau, tu obéiras à tous mes ordres, tu t'allongeras sur mes genoux sans parler et tu te soumettras à ma fessée.

***

Elle cligna des yeux à sa réponse.

Ce jeu devenait sérieux, mais ce n'était qu'un jeu, non?

La testait-il?

Dois-je revenir en arrière?

Ils étaient à la fois nerveux et tendus pour leurs propres raisons, collés à l'écran de l'ordinateur.

Elle ne voulait pas être la première à reculer et à le faire taquiner.

Elle a écrit:

"Oui monsieur".

***

«Alors viens à mon bureau, Susy, et ferme la porte.

Il n'y eut pas de réponse, mais elle se précipita dans son bureau et ferma la porte comme un lapin effrayé, incrédule de ce qu'elle venait d'accepter, pensant qu'il jouait toujours avec elle.

Il resta assis, apparemment impassible alors que son corps lui faisait mal, voyant sa peur, sa confusion et la chaleur dans ses yeux qui la maintenait.

"Mes genoux attendent"

Elle fit un pas en avant et il leva la main, s'arrêta à mi-chemin.

«Vous avez accepté de m'obéir en entrant dans cette pièce, n'est-ce pas?

Visiblement tremblante, elle murmura:

"Oui monsieur".

Il désigna le sol, il s'enhardissait, et il grogna,

"Rampe vers moi."

Il regarda les émotions jouer sur son visage, la réticence, la peur, la peur, l'excitation et enfin la soumission.

Il laissa échapper le souffle qu'il retenait en regardant le début de son rêve se réaliser, son petit corps tombant à genoux puis entre ses mains alors qu'elle commençait à ramper vers lui.

Il sentit sa bite se contracter à sa vue.

C'était finalement le sien, ne serait-ce que pour cet après-midi.

***

Elle ne pouvait pas croire qu'elle faisait ça, cet homme dont elle avait su que toute sa vie allait vraiment lui donner une fessée.

Le jeu était allé trop loin, mais pourquoi ne l'avait-il pas arrêté?

Elle se rend compte qu'elle le voulait!

Oh mon Dieu, le voulait-elle?

Y avait-il quelque chose qui clochait avec elle?

Pourquoi est-ce que ça a été comme ça?

Ses yeux se fixèrent sur son corps solide dans sa grande chaise alors qu'elle atteignait ses pieds et glissant comme un serpent, elle se déplaça sur ses genoux.

Il savait que c'était mal, mais il ne pouvait pas s'en empêcher.

Sans mots, sans discussion, sans la caresser pour être une gentille fille, sa main lui claqua le cul fort, et elle poussa un cri.

***

Il regarda le bel ange ramper vers lui, son esprit allant vers les endroits les plus sombres et devant reculer, si jeune et impressionnable qu'il ne réalisa pas sa valeur.

Il a utilisé toute sa volonté pour rester impassible alors qu'elle glisse sur ses genoux, sûr qu'il peut sentir cette dureté dans son ventre alors qu'il soulève sa jupe, révélant un string rose, lève la main et la frappe de toutes ses forces. .

Ne serait-ce que pour cela une fois qu'il l'appréciait.

Regardez ses muscles tendus onduler sous l'attaque et ses empreintes de mains luisent en rouge sur sa peau blanche.

Elle couine et halète:

"Ohhhhh, Oh, ça faiiiit maaaal".

Elle couine et tord ses jambes alors qu'il la fouette à nouveau profondément.

***

Elle perd la trace de la fessée alors que la douleur envahit son petit corps et la réchauffe.

Elle remarque la chaleur qui commence dans sa petite chatte et l'humidité sur ses cuisses alors qu'il la fouette.

Perdue dans sa chaleur et son besoin de crier, de petites larmes coulent sur ses joues.

* * *

Sa main devient engourdie alors qu'il la fouette fort en savourant la contraction de ses muscles durs, ses cris et la supplie d'arrêter de lui donner une fessée alors qu'il peint son petit cul en rouge vif.

Il s'arrête quand il la voit mouillée entre ses jambes, incroyablement, son petit corps se branlant sur ses genoux.

* * *

Son esprit s'est enfermé dans le pouvoir de cet homme alors qu'elle halète et hurle.

Alors qu'il continue de la fouetter fort et vite, son corps prend le dessus alors que son esprit tourne, elle ressent la chaleur et le besoin refoulé d'un petit ami trop inepte et perdue dans la sensation qu'elle arrive, devient dure et son orgasme baisse. éjacule sur ses cuisses avec cette simple fessée.

Elle sent qu'il s'arrête et meurt à l'intérieur.

Sa honte la remplit alors qu'elle tremble sur ses genoux, haletant et sanglotant.

La chaleur de son rougissement remplissait son visage, si embarrassée, comment aurait-elle pu faire ça?

* * *

Il sourit en voyant son visage rougir d'embarras, la tenant en place, sachant que c'est son moment.

"Au cours de la semaine prochaine, vous deviendrez mon esclave. Ce sera votre occupation royale. Vous m'obéirez dans tout ce que je vous commande. Vous resterez en vue à tout moment et demanderez ma permission de partir si nécessaire, ne serait-ce que pour va aux toilettes. Je te posséderai et tu m'obéiras. Au bout d'une semaine, nous en reparlerons. "

* * *

Allongée sur ses genoux sentant l'orgasme produit par sa fessée, elle écoute ses paroles.

C'est une déclaration, pas une question.

Il se rend compte qu'il ne lui a pas donné d'options.

Elle incline la tête de honte, tremblant de ce qu'elle vient de faire.

Et elle gémit:

"Oui monsieur"

.

CETTE HISTOIRE CONTINUE DANS LE PROCHAIN VOLUME:
LES RÈGLES